U0608976

中国诗人

BIAN●
变

ZOU●
奏

童启松

一著一

北方联合出版传媒（集团）股份有限公司

春风文艺出版社

·沈 阳·

图书在版编目（CIP）数据

变奏 / 童启松著. —沈阳：春风文艺出版社，
2019.12（2021.1重印）
（中国诗人）
ISBN 978 – 7 – 5313 – 5708 – 7

Ⅰ.①变… Ⅱ.①童… Ⅲ.①诗集—中国—当代
Ⅳ.①I227

中国版本图书馆CIP数据核字（2019）第243780号

北方联合出版传媒（集团）股份有限公司
春风文艺出版社出版发行
http://www.chunfengwenyi.com
沈阳市和平区十一纬路25号　邮编：110003
永清县晔盛亚胶印有限公司印刷

责任编辑：韩　喆　　　　　　责任校对：陈　杰
装帧设计：琥珀视觉　　　　　幅面尺寸：125mm × 195mm
印　　张：6.75　　　　　　　字　　数：123千字
版　　次：2019年12月第1版　印　　次：2021年1月第2次
书　　号：ISBN 978-7-5313-5708-7
定　　价：48.00元

版权专有　侵权必究　举报电话：024-23284393
如有质量问题，请拨打电话：024-23284384

目 录
CONTENTS

新十四

目　录
CONTENTS

目 录
CONTENTS

目 录
CONTENTS

目　录

CONTENTS

目 录
CONTENTS

新 十 四

变　奏

宇宙钟拨乱
恒星又挤满天堂
上帝之手无奈
混沌剑神亮出光芒

跳跃的时空漏洞百出
平行宇宙相互交集
千年后的话语怎么也翻译不出
吱呀呀的争吵

暗物质形成海市蜃楼
恍惚缥缈游离在
智能大脑设置的无限纬度
并行轨道在虫洞站台售票

光年航程太短，太多的太阳
照耀一个又一个星际迷航

心　绿

斑驳的绿色从历史的角落
悄悄地爬上破旧的墙垣
门缝张开的胸怀
挤不出乳白色的乳汁

精致的木雕
余下一丝丝痕迹
腐烂的榫头
吱呀呀暗暗捂着疼痛的木梢

叮咚的雨滴
敲击着破碎的青砖
水沟里残留着几片
依稀还可辨认字迹的树叶

沮丧的昔日旧燕
依依不舍又飞入新檐

未 曾 想

桃源幽境不知还有，外卖
再寻虚处隐没云裳，雨霁
耕田无地饿了谁还，痴想
不做苦役还想遍吃天下

自救东篱或许要铁丝笆
岛礁飞渡通勤，淡水满池塘
灯塔耀照十里八方
禾稻米油肥土一坡，农家

祭坛灰飞拂尘顾念，古旧
百姓还念看锦绣，河江
忧伤未解又来一个，危机
遏制阻断何时休假

风雨未来乱战，已醋
泪血暗流欲积谁解，仇殇

像

墙上，摇晃着一只受伤的影
黑夜不时与白昼商量
潮湿的昏暗悄悄抚摸，爱情
公寓里的灯灭了又亮

玻璃杯缺了一角，折射
没有划破玻璃老板的，阳光房
一棵树上挂了一颗心
摇曳的风在问着路哪里去，天堂

雨丝在轻声笑着
茅草铺里一筒筒土瓦，黝黑
商场货架上多了精致的装饰
放着粗糙的手工作坊赝品，欣赏

天上的归雁没有回信，欢乐谷
假面舞会门票，已售罄

化 妆

音乐厅交响曲
音符流淌着旋律
指挥的手势错了，停顿
在迟疑中露出了笑容

跳动的音符中
碰撞在一起的灵魂，突然
破碎的水晶碎屑，飘起
瞪大的眼睛想起弥撒的，誓言

忏悔的树梢挂着泪痕
洗干净的脸涂抹了一层，又一层
污垢的细胞掩盖了，惨白的笑
皱纹挣扎着想露个脸

洗手间油腻的水雾，弥漫
化妆包忘了收拾湿透的，纸巾

核 变

白昼无法抵抗黑夜的，吞噬
细胞在一瞬间翻脸
微博里怪声调演绎的川剧
变脸的速度快过了高铁

核裂变挑逗着核聚变
波斯猫蹲在海湾的咽喉
利爪被挠了个痒痒，风筝掉落
咖啡店炸开了一声闷响

水雾遮掩着平衡木上
没有剧本的木偶剧表演
道具还没准备好，帷幕拉开
错乱的演唱却是真实的排练

昏暗的客厅来了几拨说客
说出的狠话却是一篇不错的，宣言

分　羹

无常小鬼分着羹
太大的裯衫留下酒渍
飘忽的烛光晚餐还没结束
四周依依不舍响起了吆喝

太阳赶路不听指挥
魔镜灰暗影幻虚空
变化的魔法莫测
关闭的后门在一瞬间，虚无

死寂的四周没有血迹
腥臭味还是隐隐地
从肠胃返嗝，没有
清理干净的杂碎

涂了几遍的唇膏，原料
是被病毒沾染过的，脂肪

狼　宴

一群饿狼睁大眼睛
等待食盘里另一半还未
装满肉食滴滴答答
流着血的包装盒

远处争吵不时夹杂着
恶狠狠的咒骂声
猎枪的枪栓响了
依依不舍的狼回到了笼子

笼子的门半掩着
一盏昏暗的灯晃动
几声训斥从皮革里传出
拉链坏了，露出的金币闪光

清洗剂的余味留在鱼人馆里
狼刚刚又换了猫的面具

幻

俱乐部的门半掩
崭新的正装裹挟着
鳄鱼的包里装着
一个世纪的旧文章

群里的通告一遍又一遍
诋毁的细胞没有被吞噬
交响乐突然停止了
一个臭虫爬上了餐桌

三体魔界伏羲刚刚爬出油锅
梦中梦的海市蜃楼倒了一角
虫洞的穿越隔着一张纸
梦蝶的庄周化成蝶也穿越不了，虚空

超算的细胞不断运转
核裂变有太多的，困扰

修 行

回忆，是一场修行
酸甜苦辣都齐
相遇，是一份礼物
快乐与酸涩和泪相拥

只是，惊见双鬓飞霜
多了一个安慰，一个祝福
静静地听你述说
幸福的往事带了几分，苦涩

林花谢了春红
留下桂香和菊黄
木芙蓉在怒放
秋的季节与谁相互，搀扶

秋高气爽的天空有一列，流星
闪耀着，想照亮一个角落

莲 荷

远去的迷径在荷塘间穿行
无边藕花羞涩地变换着柔姿
绽放的笑靥无意留恋
匆匆而过的身影

欲言还休的嫣红静静地渲染
粉艳香腮藏起娇嫩的蕊
凤蝶眷恋轻轻地亲吻
一曲江南好水波漾荡月色风情

才露尖尖角的菡萏
含苞待放期待着远方的相思
疏疏密密的芳翠飘浮着一片片绿云
微微的笑容拂来一阵阵清新

留恋着晨露珠玉一盘盘撒落
梦里雨霖铃，瑶池仙子，下凡尘

虚 空

墙上的镜中幻化出，一张扭曲的脸
虚空的那一纬度多了一个，空缺
黑洞乔装打扮成的奇点，虫洞
吸进一切路过的光亮带到另一个，宇宙空间

时间转了一圈又回到，原点
空间的不同纬度对应着高阶低阶
暗物质在不同纬度里，掩藏
二次元三次元多次元，难以穿越

引力波挑逗着爆炸的神经
量子纠缠着相对的参照物
放大了膨胀的速度，无极
还有没有一道虚空，围在一边

无所不能的大脑只是连接了，一点点
深度算法急切地想知道，一切

连　接

连接，成了机体与外界的媒介
单向多向的连接组建起，一张
无形的网，神经元悄悄地
自己完成，内部全联

灵魂，变成一个操作系统
自我感知成了灵魂的，显现
内部外部节点奇异的组合
演化成了一个个新的，感知

神秘的心灵在连接的模式里，没有
留下一点点痕迹，感应
又把油门加大，掩盖了一个又一个，连接
蛋白质构成的信道比光纤更快了，不止一点

连接的启动和刹车埋没在，大脑的深处
几个芯片又如何截屏，亿万连接点

基因编辑

剪刀凭空一剪，遗传密码
改了几个编码，强悍的躯体
变成了一个新的类别，新新人类
不小心成了一个新的，军团

动物的器官有了人类细胞的特性，移植
替换已经病变的细胞，组装
有多少个节点变化了，分不清
原始与现代的鸿沟，不仅一点点

恐龙的基因会不会编辑进
超人的基因连接，奇怪的种族
会不会分不清生物的主权，无望的边界
在那里竖起了一块，禁止的令牌

太乱的无序又被超级细胞吞噬
细胞核细胞膜蛋白质忙得，没有时间

偶　然

无数个空洞构建起宇宙，虚空
大大小小的星系被系在
构架中不断地运行着，暗物质
释放着暗能量成了，主宰

星系的边界被各自划定
外来者无法轻易穿过
柯伊伯带状和奥尔特星云
悄悄保护着太阳星系的老窝

探险者无法逃脱太阳系的保护膜
光年半径的陨石随时准备
将冒险家捕捉，外星人
恐怕始终无法看到地球的太阳，升空

宇宙的自我意识恐怕还很，稚嫩
人类也许就是那唯一的，偶然

魔都虚影

天边的夕阳刚刚露出笑脸
薄薄的余晖混杂着些许尘埃
灰蒙蒙的空气把外滩掩隐
开瓶器无奈地环望着这着了魔的，都市

夜幕下的大地挂上彩灯
高高低低的建筑在梦幻的光照中，迷失
压抑的情绪弥漫着，爆发
笑脸和惬意，流动在一条条街陌

陆家嘴倒映进了合影，镜花
止不住的喜悦演绎着探险者的情绪
记不清那脸孔熟悉还是生疏
鸡尾酒的芳香从呼吸的细胞散发到空气里

欢乐谷迪斯尼绿洲一阵阵暴雨
打湿的云裳，晴阳如洗

节　奏

公共厕所总是挤满
骚腻的空气夹杂着樟脑味
天南地北的喧嚣掩隐起伏
垃圾桶卸下了一股股疲惫

煎包云吞寿司汉堡
本邦菜川味广式早茶
外滩的食欲溜进南京路
米其林的路标兴奋着，味觉的细胞

商业粉碎机收割着来来去去的腰包
纸醉却没有金迷的笑脸有几分抑郁
昨天今天明天变幻莫测
太快的节奏需要神经大条

东起西落的太阳不知道，明天
被照耀的轮廓几时又会变样

混　沌

锅碗瓢勺停止了交响
双人床空了一半
抑郁的天空痛苦着
一夜的雷声不断

院子的水涨满
湿透的台阶悄悄长出青苔
下水道来不及排水
云梦泽的物象成了，风景线

堵塞的通道怎么也难以疏通
喧嚣掩盖了一个危机
爆发的临界点悄悄来临
原子弹还是中子弹

虚空，包裹着暗物质愤怒的黑洞
开启了虫洞，空间扭成了一团

黑　洞

抽刀，斩断的水瞬间滑过

无力的忧愁悄悄泛起

弥漫的悲哀偷袭

二郎神偷吃了月饼

冰凉的寒宫留下了几片玉简

打湿的字无法读解

隐去的孤影摇摇晃晃

无语的灯花绽放了一夜，谁剪

黑洞虫洞脑洞

只有洞房最好理解

逍遥洞府种满桃花开遍

流浪狗却无法消受，幸福的爱恋

屋檐下的雨声连连

装满心愁不断溢出成了，幽泉

光 年

不能改变是千年的悲哀
火星，燎原火焰灼伤
皮肤烫起珠泡
火烧药没有一点光亮

黝黑黝黑的伤痛在心里
平行的轨迹分开
没有意义的怨恨抑郁
悄悄的掩饰涂满了假面

无可奈何的思绪混乱地延伸
不见，回眸的杏眼
停不住流星雨，漫天
寒暑在交替中抽泣哀伤

天外的琼宇寂寥，分不清
星云的亮度穿过百亿光年

三 世

弯曲的引力波
将宇宙牵扯到一起
光，逃不出黑洞的吸力
超越光速的灵魂，无极

轻轻飘过，黑洞成了
虫洞，飞跃到另一个
宇宙的隧道，见到
前世的情人，无语

不知道来世还，有没有
缘分，成为眷侣
时光机乱了鸳鸯谱
三生三世十里桃花，梦呓

前世的情缘今世，又错过
只有来世的爱情穿越到今世，相思

宇宙与叶子

那是一片，放大百万倍的叶子
也是，宇宙隐藏的角落
原子质子电子中微子运动
距离相互拉开，演化

一个小宇宙布满了星光
闪闪点亮虚空，稀稀落落
一个从来也不知道的地方
竟然是宇宙的映射，迷惘

另一个，梦开始的地方
就只是一片叶子
绿色迷失，一个小宇宙
是梦开始的地方

放大了还是转换了，宇宙
迷失在虚幻的镜头还是，镜像

风　暴

飞鸟在空中画出
一道弧线，从起点又
回到另一个起点
空气破碎的声音缀上云彩

飘浮的云有些许躁动
急切地想载着露珠
飘下几滴眼泪
来一场急风暴雨

烦闷的思绪随着鸟飞翔
远方的思念还没有酝酿
酒窖里的水蒸气
才刚刚，升腾起一缕幽香

遗落在溪涧的呓语，空空荡荡地
等待下一场，雨丝飞荡

处 暑

地球又幽游到一个站点
炎炎热暑终于要告别
扭捏的西风偷偷地
在露珠的后面露脸

云层还没有准备好
微弱的雨滴只轻轻地
扑洒几滴，分不清
是汗珠还是加了盐的，雨点

天空中的弦月魅影朦胧
薄薄的云纱半羞掩面
柳枝上的蝉鸣不知道是继续
还是压低音量嘶哑地，吟唱

昨天和明天的太阳，会不会
不在同一条，天际线

原　罪

缺了一角的实验桌
遗落几个细胞，叽叽喳喳
商量着怎么沾上白大褂
溜出密闭的门窗

水沟里腐烂的臭气
飘浮在空气里，难掩
东流西窜不知道
流落到什么地方，排放

化妆，丑恶的化妆师
忘了打上薄薄，底霜
沟沟坎坎的皱纹，裸露
沧桑，余下一条条沟壑

风月惊醒了一片，苦心
毒瘤，已占领了四面八方

陷　阱

绚烂的灯火
炫耀着一片金黄
闪闪的光亮，却
不时露出些许忧伤

华丽的霓裳
脱了几处线头
薄薄的轻纱透过
性感的线条

头饰缀满时髦，装饰
淹没，脸上断裂的皱纹
爬满沧桑的质感，悄悄
揭下，丑陋的伪装

不知是泪滴太多还是，无奈
纸巾上残留腻腻的，细胞

碎　了

冰晶般的白玉
沾上一丝，黑点
颤抖着要把自己
埋进苦海，忏悔

凄清的夜悄悄，抽泣
抚摸，挂在枝梢的弯月
怎么，也溜不进后花园
打开一扇窗帘

星星，摇曳在水中
忘了回去的，约定
溅起的水花弄湿了
风卷起的思念，无边

透亮的情话，连篇
只是找不到立足的，支点

梦

岁月，从来
没有静好过
有的，只是一个梦

赤条条，人生
赤裸裸，荣辱
赤澄澄，虚幻

唾弃，飞向
满天的唾液，飘游
还夹杂着，不屑

何必，伪装把丑恶
都，粉饰成高尚的灵魂
却藏掖着，恶毒

没有了，一切
一切，又化为虚无

秋 语

假真未辨，难弃
寸心憔悴不止，肠断

何处有丁香，雨蒙蒙
樽前，落泥凄楚独自醉

东篱，幽独问黄菊
清觞不懂闲愁，无极

飞花未到相思处，慢落
迷路，一枝还向谁寄

原荒云天草又绿，远山外
怕见，云碧高阁空楼静

银杏金黄回眸，芙蓉乱
轻吟，满地梦惊

夜寂，残月沉西去

弄影难对成几人

短　歌

撕　裂

想象的无奈

变成图像的幻影

摄影师成了摆设

陷阱的视觉

换了一个角度

世界拼贴成另一个模样

镜子抹去了头像

天路降临峡谷

银河漂流在树梢

海浪成了薄薄的铺盖

沉入海底的床轻轻地点缀着

一缕清风升腾在九霄云外

太阳燃起袅袅青烟

弥漫在裂开的地缝里

森林之路穿过脊背

爬上山的顶点

水瓶泻出的瀑布

淹没了一座城市

刮胡刀不小心就刮出

一道崎岖的山路

拇指国的仙女

装进了男友的嘴巴

长发接了一个长须

脸谱惊掉了鲁智深的下巴

死鱼眼挣扎着眨巴眨巴眼睛

一口喷出了一个

狮身人面像的亲吻

冰淇淋的畅想

多了一个梦

月亮跳上勺子

化成了汤圆照亮了愁肠

一溜烟的小路

爬上山巅去访问天际线

空　白

城市里的映像

勾画出尘埃的归处

混乱的思绪黏黏的

沾满污垢到处幽游

喧嚣的汽笛幻化出哭泣

琴弦断了呜咽

袅袅青烟缠绕在

蜘蛛网爬满的楼阁

小推车忘了刚才

是谁坐在椅子上牙牙学语

转眼就，到处留言

河水洗白了一遍又一遍

沙子的记忆已过了千年

枝头的花蕾不记得了

蝴蝶梦里到底来过几次

庄周的问候是在哪一天

水沟里的落叶

是不是秋天的时候

还会流传一个故事

满天星星第二天就不见

峨眉金顶布下的金光

超度了几重天界

飘飞的魅影还没找到

经济适用的居住点

终南山茅庐的寒夜

思绪停止了飞跃

凝固在千年的追思

华山的幽魂哭了

为什么世界是

空洞的摇篮

没有安全带的秘扣

皮囊成了无常的狂欢

玉箫的隐隐叹息

惊醒了躲在树底的

抽泣，轻轻地滑落

那花的余香什么时候

再扑鼻归来

星　眼

静静地看着

秋千上不时飘来的孤影

瞪着眼等待着

与你悄悄对话

可你总是听而不语

一闪一闪的问候

也不知道你

想要说的是些什么

是想听甜言蜜语

还是想劝一劝

不要伤心痛哭

悄悄地，你总是悄悄地

拉扯一片云抹去

你同情的泪珠

不知道你洒下的

是那满天大雨

还是蒙蒙细珠

收不住的泪

流满了江河

你的快乐却没有

太多的表情

黑夜是你的装扮

月亮躲着的时候

是你最靓丽的深眸

总是想告诉你

你已知道了太多秘密

过客过了一拨又一拨

你假装你是最亮的

你总是借来别的光

照亮自己，展示

最出彩的一幕

四周的光亮

不时悄悄溜走

只有你陪着我

自言自语

自圆其说

海滩与门

一扇门倒在

浅蓝色的海滩上

潮水静止，悄悄竖立

蓝色的天空飘来

没有云彩的空气

凝固在门上的一瞬间

海浪的声音悄然远去，只有

吱吱呀呀的开门声

不时从梦里惊醒

打断一个失魂的呓语

海底捞起的月亮

爬起来照亮倒下的门

金色的沙滩留下珠痕

没有飘起的泡沫

残留在眼的水晶体

混浊的细胞模糊了

混沌的海水停止了冲刷

掉了油漆的容貌

变成了蓝色的拉丝云裳

细微的白色装饰

幽游地挂上门的云端

一副乱真的印象

勾勒了一扇通向天堂的门

倒在了海滩上

海滩的幽灵碎了

晃动着这扇

没有上锁

摆渡灵魂的，幽门

西街迷梦

迷失在

漓江的水珠

旋律沉默

随冬眠的鱼

沉入江底

风吹散几个音符

悄悄溜走

穿行在小巷

勾起绵绵细雨

思绪飘飞

寻觅醉的角落

触摸颤动的心意

酒煮了千万年

一丝丝爱恋

不知跌落在

天边还是黄昏

昏暗的呓语

编织的梦

流溢在长长的老街

思念悄悄蔓延

记忆中的挂匾

炸出的香味

挤对着思绪

蜡像恭迎

欢声笑脸

轻盈倩影

沉没在桂花香醇

厚厚的污垢

铸入银光宝器

一缕缕相思

幻梦里偶遇

梦 桂

喀斯特流动

冒出一个个尖角

被千万千万年的泪滴

溶解了

溶成了一个个空洞

沟沟坎坎的雨夜

敲击着叶底

无法止住的

苒苒物华

悄悄蔓延到山涧

滴滴答答的呓语

勾兑出三花

桂香飘摇飞扬

灵气在沟壑中

升起袅袅炊烟

岁月的故事

延续了千年

对歌飘荡

漓江水珠梦幻

山青水绿鱼跃

象王忘了

忘了回家的，象王

终于凝固成一座山

一曲留住钩月

唤醒相思的芦笙

吹响侗谣

勾起骚客的向往

清酒咋比山水天下

桃源原来在这厢

泪滴盈盈洒

草坪一别待千年

未尽情怀又浪

西街寻梦

月亮湾徘徊

干枯的河床惊问

车流人影远去

秀丽依旧

斑驳的思念

悄悄流淌着

牵来一丝丝回恋

一次次梦回

溢满桂香

下 午 茶

慵懒得没有思维

泡了一杯苦涩

弥漫的思绪

悄悄飘飞

浑浊的空气

一团混沌

盘古开天的味道

混杂着咖啡的成色

流淌在天际

摇晃的舞曲

淹没晃动的倩影

挪动的脚尖

唱和着一个梦

梦的翅膀伤了

寻找港湾修饰

可帆又有几度扬起

海水溅落吐沫纷飞

夹杂的文化

象牙里有几个

吐露心声的呓语

寻梦里坠入沟壑

风沙吹散迷住了回眸

一阵阵潮汐

斑驳的遗迹成了回忆

千疮百孔的渡轮

补了底板又破了船舷

潮湿的心漏了

躲进温暖的发动机

滚烫的蒸汽

把灵魂化了，吹皱

吹皱了宇宙的原动力

引力波轻轻抚摸

破碎的心

平行世界里

另一个梦

正在寻找自己

纠缠的量子

是不是到过奈河桥

忘情水泼了

留下千年的泪珠

挂在屋檐上

无语注视着

这冰天雪地的思念

那一丝丝心愁

惊醒还酽的煮酒

五味杂陈的醇香

煮沸一锅汤沐

昏沉沉漫游

膨胀的细胞

自主地编辑

基因密码调整着

适应飞速

变化多端的挤压

宇宙的任性无穷无尽

暗物质控制着

世界的次序

穿行的思绪

偷窥着恒星的秘密

巨大的星系撞击着

黑洞相互吞并

发出怪怪的撕裂声

七弦琴断了

余音袅袅

震荡在夜空

寻觅爱情

低吟浅唱的味道

嚼着舌根底下

苦苦回味

呢喃细语惊醒

渐渐花白的情丝

纠缠不清的鸡尾酒

辣辣地融入胃酸

打湿浓艳的翅膀

痴迷飞舞的梦蝶

飞扬的杨花落尽

飘荡在宇空

牵来一串流星

一闪而过的思念

落下几滴愁雨

嫩芽发了

新绿点缀草坪

又一季桃艳俏丽

杏眼秋水

远　方

走到远方的边缘

没有看到期望的风景

迷茫疑问忧伤

一个循环连着

又一个远方

远方的国度有许多

没有开垦的荒原

还是一样的花开花落

一样的春秋冬夏

萋萋芳草淹没

远山外还有更多的芳草

灰蒙蒙的天际

挂上苍白的太阳

晃悠悠颤抖着

穿过雾霾

满天的雾霾

遮住了秋水

回眸一脸疲惫

魔都的魅力

夹杂着几分无奈

三百六十度时空

留下一串呓语

什么时候，述说

天空，蔚蓝回来

带去，远方又有一个

梦的传说

疲惫

爱到疲惫方知醒

心碎了才知

爱的苦涩

辜负了初心

忘却了梦想

碎片怎么也无法

精致地拼成

原来的模样

雨滴惊醒

夜的梦幻

寒蝉鸣泣

秋黄昏暗

残月悄悄溜走

晓风凛冽

枝梢微颤

一地黄叶哀叹

谁在意

露珠收藏

泪滴忧伤

终结与回荡

当时间停止

又回到原点

世界又由混沌

冲向重新喷发

时间凝固

空间折叠，多维度变换

暗物质引力波

失去了作用

一切又由原子分子

电子夸克无序控制

天宇，一片朦胧

揉碎了的地球没有了呼吸

分裂的太阳耷拉下光芒

上帝之手悄悄掩藏

几十亿年间

地球的思念返回的光

被黑洞封存

爆炸在瞬间重新开启

重现，全维度空间

时间重组，穿越

亿万光年前

留存的记忆

流逝，亿万光年

无法分清

亿万光年前还是

亿万光年后

那闪亮的一瞬间

只有诗还在胡言乱语

思绪万千

遐　想

远方和诗

一起迟到

路上碰上了

一串串笑料

忘了该捡起

还是放下

岁月就悄悄溜走

从来也不报告

一路落下的杂事

记住又溜号

沉甸甸的味道

不知是醇和还是辛辣

无味无聊无语无助

焖了一锅粥汤

吓坏了胃肠

咕噜咕噜

消化不良的思念

流淌着在小溪里

吐了，翻出一大盆

翻出一大盆

糊糊的鱼羹

勾来了美人鱼

眉开眼笑

一顿臭骂添加了

几味调料

红颜粉腮

透明的心脏

噗咚咚醉了

一个梦呓

一个老好

早　餐

好像化装舞会

又不都是盛装

似乎是集贸超市

却没有吆喝

川流不息的脚印

一会儿东一会儿西

呢喃细语嗡嗡

锅碗瓢勺声响

各色肤色惊叹

一桌桌围起

中西餐饮齐聚

一曲新词

酒一杯

满庭欢悦

饱嗝笑颜流觞

懂

懂你

是一个窗口

还是一个黑洞

心灵的门户

上着一把柔弱的锁

只有，那把懂你的钥匙才能

顺利打开紧闭的窗户

钥匙就叫，你懂

一把无所不能的钥匙

打开的窗户后面

是阳光灿烂的桃源

还是吸走光芒的黑洞

颤抖的手颤巍巍

犹豫了好久

一个无法预知的未来

锁定了一片云烟

雾里看花洒落

一片凉秋

也许是一个春梦

一个梦的季节

等待那把

懂你的钥匙

悄悄打开一片

阳光灿烂

一个爱你的承诺

十里春风鲜花绚烂

风荷香溢

秋水浓浓

斜阳里晃悠悠飘去

两个缠绕的身影

留下一抹微笑一曲欢歌

清　明

一场急雨又把

海棠花淋了个透

残英不知还有多少

赖在枝梢不肯去

只有翠绿高兴地

爬满树笼急切地打扮

路边的雪松

又悄悄地露出了芳姿

一溜高高的树尖

宣示着别的树

无法企及的高度

黄鹂高兴地客串着

漫无目的地到处飘飞

绿肥红瘦的味道

带来一缕愁忧

清明祖祭

勾起伤痛

远去的音容还在

只是无法再叙

顾盼的身影

再也不理会

心伤的怀念

摇曳着飘入风里

坠落的泪滴

弥漫成雨帘

涨起一江春水

困 惑

爱去了哪里

是已溜号，还是

淹没婚姻

马拉松的尽头

是欢欣还是疲惫

爱情的味道

没有调制师的模式

各种各样的结局

幸福还是痛楚

没有人会告诉你

明天爱会不会贬值

丢　了

弄丢了

自己的一生

找不到这一生的轨迹

划过的痕迹

没有太多的标杆

坎坎坷坷的风雨

冲刷了记忆

一片片枫叶

忘了题写远方和思念

碎片拼不起

何况还是一个

碎片化的时代

没有太多的忧伤

可破碎的忧伤

却无所不在

有些许欢喜

可欢喜冤家时时

如影随形

从来没有离开

没有离开的影子

构建了一个虚幻

碎片拼砌的幕

隐隐约约藏着心痴

可总分辨不出

相思缕缕

牵挂的风筝

飘飞的思念

缀满花瓣的云鬟

太过繁华

一转眼就成了云烟

找不到回家的路

太多的歧路醉了

路标错了，乱了

一团愁绪

梦

不知道是真的

还是假的

诗飘浮，化去了

一生的梦想

挤出来的字符

感觉只是一些

连缀在一起的梦呓

结结巴巴不知道

告诉自己还是

想把自己出卖

无法释怀的思绪

在风雨飘摇中

颤巍巍跳跃

一丝不挂，没有

言谈，在风里遗落

留下的痕迹

瞬息间悄悄溜走

着急的云彩

想载着飞去远方

寂静的山谷

流淌出一条细细的溪流

一字无题的叶红

愁杀了一江春水

轻轻抚摸着

一浪浪

飞旋的泡沫

等

山茶花谢了

没有哭

静静躺在那儿的花瓣

舒服地晒着太阳

哪怕渐渐干枯

昔日的笑靥印在

模糊的记忆

等待秋水润滋

唤醒香魂

泪眼婆娑

化入茗香

袅袅烟朦

只是分不清

沁入心脾的

是不是千年等待的

那一簇

恋 爱

谈一场恋爱

轰轰烈烈，变奏

没有剧本

没有演员

没有观众

没有结果

一直延续的节奏

跳跃的休止符

驿站在中途

欢喜预备

记录悲苦

泪珠做成项链

欢声雨花石里

悄悄观看星空

流星一瞬

过了春宵几度

岁月醉了

乱跳的字符

抽泣的歌喉晚来

弄错了音符

一把泪一把辛酸

酿就了一坛

苦涩中弥漫的

清愁

影

思恋遗落在

眷恋的远方，无法

解开的连环

悄悄，阻碍着

不畅的味道

隐约无语，飘散

云泣飘下几滴，相思

却酸涩，侵蚀

寸心构筑的堤防，镜中

寻找的魅影，梦里

相依，无法复制的片段

渐渐远去的流觞，变幻

忽而心花怒放，忽而

无影无踪的，印象

雨

那是风借你

荡起的舞姿

在空中悄悄

扭动腰身

轻柔得不能

再轻柔的招手

痴情地等待

梦的传说

飞鸟划过的天空

留下一个个问号

双燕的呢喃溅落

读不懂的符号

遗落在沟里

题满相思的红叶

载满一溪的愁绪

寻找一个秋

留住春梦的遐想

捡起拒霜金栗菊黄

坠入暗香浮动的

疏影风寒

玉 米 地

那一溜玉米地

埋着一条路轨

湿润的泥土里

总不时传来

钢轮碰撞的呻吟

一片青绿还没有结穗

旧时的飞燕不时露出好奇

听不见的轰鸣声

夹杂着微风搅动的

枝叶扭动的细语

和那突然流进的

旅客幽悠喧闹声

不时变幻的信息

撞击着这片土地

寂静的夜叙述着

一团苦涩

一段传奇

雨　忆

下雨了

突然想起你

没有带上雨伞

下雨了

突然发觉你

没有穿上雨鞋

下雨了

突然记起你

漂泊在天边

眷恋的幻影一瞬

飘飞得无踪无影

芳颜难觅

下雨了

寻遍小溪江河

小船载去

连天呓语

丑

病毒漫无目的

飘浮在空中

随着空气

吸进肺部

轰隆隆的轰鸣

惊吓了一个个窟窿

一溜溜泡沫

沾染上一团团废核

混在尘埃里

挤对着氧气

要往血管里冲

五颜六色的卫兵

警惕地注视着

尘云的动向

时刻准备着揪出

混进血管的害虫

一不小心还是会让

可怕的毒雾

悄悄混进血管

生命的体液

被摧残得

一塌糊涂

顽强的体魄

躲过了

休克

脆弱的生命

走到了头

毒物兴高采烈

庆祝毒害的胜利

企图又要

混进毫无防备的

幼嫩的心脏

狠狠地补上一针

被出卖的预谋

抛弃的皮囊

皮囊终究只是

灵魂的摆设

一阵风就把灰

吹得一干二净

飘飞的幻影

在云梦里拼命呼吸

膨胀的思绪混乱

纠缠了太多信息

不知道哪个

才是要收回的数据

手机屏蔽了一群

亲友们一个个远去

冷飕飕的琼宇

没有火炉和空调

极寒把魅影冻得抽搐

变成了一团烟雾

飘散得没了踪影

耸立的岩石

太过冰凉

安全索太细

解扣太容易

生死意念一瞬间

转化为飞翼

深渊也许有个

意想不到的

假面舞会

翩翩起舞的凤蝶

邀请加入周庄的盛宴

追寻一段梦呓

远离喧嚣

终南山没有桃源

茅草屋没有锅碗瓢勺

水太苦山太高

隐去了皮囊

跌落了太多的念想

寂静的月只有星星做伴

孤魂不时飘散

那堆燃起的篝火

只留下了一个印象

飘忽不定的魅影

飞得太远

失去控制的引擎

悲哀地踩在油门上

离别总是太难

可生的离别

是一场灾难

那不是魔陀归处

那是泪汇成的溪流

留下的哀伤

一根细绳无法

牵住混乱的神经

破碎的梦想

悄悄割断了

放飞的虚幻

一曲东风破

轻轻地散落在

落幕的云裳

边城错魂

一个游魂幽灵般，徘徊
在水乡的夜幕游荡
寻觅错位的
怎么也找不着的
躯壳，不知是
魂跌落在水里，还是
闯入酒坛，迷迷糊糊
不知道哪个骗了自己
揭开的葫芦，香醇里
魅影的传说，无影无踪
心曲回转，韵味里
缠绕，流光溢彩的
华光，太过喧闹
一缕晨曦带来的
金光刺痛了，情
魂飞魄散，又回归
一个错位的
幽魂驿站

致敬军人五首

敬　礼

那是将军对

士兵的感激

一切的回忆都已

镌刻在洪水

泛滥的堤坝

为了谁的思念

风餐露宿同眠

为了谁的安宁

日夜守护

火把繁星点点

布满沿江的飞絮

送走一阵阵

后浪扑倒的

细珠

灼　烧

烈日亲吻
灼烧的皮肤
红红的肌肉
落下一片片
卷边的飞羽
飘飞在那
沟沟坎坎留下的
辛苦

假　眠

玷污的双手
枕着沉沉的头
千姿百态的睡姿
渲染了一片唏嘘
谁也不忍叫醒
沉沉昏睡的小伙
透支的身躯

再也无法支撑

心疼的瞩目

飘散臭臭的汗水

眷恋着升腾着

一个个凝固的

雕塑

背　影

你急急地朝着

人们匆匆离去的

方向奔去

氧气瓶防护服

严严实实地裹住

你瘦小的身躯

前方的警笛

不停地召唤着

赶紧赶到前边

那个需要你的岗位

你要去排除危险

让安全重新恢复

让人们不再焦躁

你静静地朝着

那个方向迈步

坚定的脚步声

悄悄地带来

安宁

脚　印

似乎已不是你的脚

肿胀的脚皮

厚厚沾满泥泞

水中的不歇

带来多少安慰

抽搐的脚

再也无法让人

忍住热泪

直想把那脚印

在军功章的

另一面铭记

人生账单

老店账单

密密麻麻记录了

泛黄的记忆

塞进旅行箱里的套餐

装满了东西南北的

岁月

秋 变

翻飞的残叶

裹挟着种子飘飞

寻找湿润的土地

根生长的泥里

痴迷地又长成

另一个自己

漫飞的雨丝滋润着

嫩黄的新芽

疯狂的风摧残着

细细的枝干

烈日灼伤怒放的花萼

秋凉摧落露珠

随着叶黄又走过了

另一个轮回

在冬天的冰凌里

悄悄等待春的风信

老 屋

不知道从哪个朝代起

这里生养着

勤劳的祖辈

满院子竖起的青砖

铺就的花纹

遗落遥远的故事

斑驳的大门

砖雕风化粉墙掉落

那扇吱呀呀

欢唱的木门

已老态龙钟

静静地依靠着

还想倾听那熟悉的

喊门声，可只有

叽叽喳喳的黄雀

偶尔吵闹几声

墙缝里的蟋蟀

偷偷地做窝

冷不丁蹿出来

吵闹不休

屋檐下挂满的豆角大蒜

注视着，进进出出的脚印

记录着岁月

闲置在天井里的

脱谷风车也好久

没有转动

那疲惫的轴

吹不动满斗的稻谷

大板车的思念

车轮已不知道

流落何处

厨房的烟囱，老旧

已有，很长时间，没有

升起袅袅炊烟，一个个

熟悉的身影渐行渐远

木窗漏进的残月

已找不到那

晃动的斜阳

池塘边那支笛箫

也已成了传说

沾着厚厚灰尘的土瓦

不时流淌着

黏糊糊的思念

细细的雨丝

滴滴答答述说着

一个又一个花轿头盖

一双又一双苍老的手

阑珊寻梦

那人，在你眼前
晃过了，几回
而你，却
从没看见，她
丁香一样的，倩影
那把雨伞已然，飘去
而你却总在，寻觅
想念着，聆听那脚步
和着雨滴溅起的，旋律
只是，阑珊处
并不总有，丁香花
一样的偶遇

断 墙

弯弯小巷

留下漆黑

斑驳的粉墙

遗留，光影繁复

折射出记忆，拼命

放映残缺的故事

细风不时

卷走期约碎片

夹缝里不小心露出

沉甸甸的思念

和一杯老酒的

余香，纯酿的高粱红了

只是头盖换了，一个

又一个头盖的背影

在斜阳里环绕

慢慢虚幻出

一个又一个

魂牵梦萦的

花轿

跌落的风

记忆破碎不断

尘埃混杂

思念翻滚，风

悄悄带走怜悯

墙上，玻璃镜画像

湿漉漉浸透

醉意，错觉没有泪痕

哭泣声悠长回荡

视频跳跃着

无力牵住飘飞的，思念

藏在树梢呢喃

淹没在秋蝉

叽叽喳喳的喧闹

落下，一叶秋黄

吊 脚 楼

吊着的柱子撑起

几间楼房的畅想

一壶老酒招待四方

烫脚的盆还没有凉

清香的茶叶透过舌尖

悄悄交流着情话

缀满银饰的姑娘

守护着这满是

希望的木窗

点亮的灯可照亮

你的思念

流传一段千古佳话

凄清的月洒下银光

应约的素娥

不知要跳进谁家

哪个窗留了缝

只有清风知道

那客来自何方

良宵风月

故事一个又一个

在姑娘的相思泪珠里

修了个三生三世的缘

车　流

不停滚动

辀辘一摞接着一摞

抛下一道道痕

发动机轰鸣

轰隆隆弹奏

不同曲波

尾气飘飞

裹挟着尘埃

匆匆地醉入空中

掀起薄霾

遮掩着那一条条

长龙，对流不休

载满了一车车希冀

呼啸着落下一个个

嘀嘀嗒嗒的闲愁

茶　禅

一片淡淡的相思

揉进薄薄的嫩黄

滚烫的亲情

冲泡着悬浮水中的

青绿，清香四溢

一声问候，沁入心扉

回甘，深藏几分情谊

沉淀的味道，泛起

物华珍馐，禅悟

菩提树下一叶，秋凉

走 秋

走着去遇见

一个美丽的思念

扑向金灿灿的细浪

沾满一身秋的欢悦

露珠跳跃，泛起

枫红的眷恋

弥漫的尘点缀

树梢飘飞的疏黄

让秋活灵活现

展开的褥

垫起秋的韵味

印记一季的留恋

坠　梦

坠落

飘荡在虚空

无常忽隐忽现

亮光隐约远去

扭曲着旋转着

空空无望

偶尔凄笑

低声泣诉

变幻莫测

头沉沉

躯体膨胀

四肢无力

薄薄的细胞壁

渗漏出黏黏的体液

黏糊糊缀满

基因链条

滴滴答答残流

无意识缺失

飘飞着翻滚着

风驰电掣

隐约伸出的手

沾满蠕动的怪虫

狰狞的面孔

变换着不同角色

一晃而过的金光

只照耀一瞬

满目阑珊

暗暗的灯火

不时蹿出

几个萤火虫

不住呻吟

恼怒的吼声

惊恐的一脚落空

睁开眼

床边四周围满儿孙

挂满惊喜的泪珠

遮 羞 布

当世界多了

一块遮羞布

文明就成了

一个休止符

修女圣洁

维纳斯

断了胳膊

女娲补起

漏了的窟窿

潇湘竹泪

漫飞在瑶池

哭了千年

巫山云雨

杜鹃悲鸣

西江东流去

风流千古

琴棋书画

成了才女头盖

三寸金莲却是

士大夫玩物

血泪污垢

装饰成了祭品

拜天赐福

相　望

贴着风的呼吸

静听梦的呢喃

晃动的月影

涌动着思念

伴随露珠飘荡

相依相伴的奢望

轻轻叩响窗棂

吹拂珠帘

挂上弯弯钩月

摇曳多姿

醉了一湖睡莲

忘了花期已归

还想张开

粉嫩的红腮

拖住秋的霓裳

金黄洒满

一季的梦想

相守相望的痴迷

屋檐下叽叽喳喳的双燕

闹腾了几个花季

飞来飞去

换了几幕春寒

链 条

锈迹爬满，斑斑

汗珠，编织一季雨丝

燥热缠绕，夜

躲在残月里，哮喘

翻腾，胃汹涌痉挛

抚摸着肺叶，呃逆

飞上云霄，寻找

跌落的思念，树梢

悄悄劝说，锅盖

掉了一个螺帽，断了

弯道超车，警笛

急切呢喃，错了

表针拼命逆转

风醉了，海在思恋

一滴泪痕无法，逍遥

尘嚣弥漫，影

晃动，心数着

脉动的跑道

等　待

不停翻看

微信里的思念

咀嚼那嚼了

千遍的味道

等你到黄昏

牵来一盏灯

照亮暗暗的小巷

跌落一串串呓语

等你到晨晓

风夹着湿湿的相思

醉了缕缕霞光

沐浴着屋顶

吹拂着飞扬的露珠

缠绕在漫山未醒的眷恋

留下淡淡的忧伤

等你从梅花落下

纷飞的艳雪

是那思念的羽裳

不曾忘记的孤傲

等待你的魅影

和那轻轻的情话

等待雨幕渐停

桃花醒了一季

粉嫩的相思

留给了雨丝

带去的问候

融化在春晓

红烛泪滴满花径

泥，香馥香馥地

偷偷溜进莲池

告诉菡萏

不要傻傻等待

风已醉了忘了花信

错过了一溜溜

一溜溜期盼

等待错了

花落花飞的天边

双鬓霜花爬满的年岁

背　影

走过的背影

恍惚回眸

一笑的诡异

有几分苦涩

天空飘下的雨

好像有羽化的泪珠

低声地抽泣

找不到痛哭

是来自心底还是

哪个角落

捉摸不定的决断

断了几回惆怅

闪闪的念头

黑夜有了彩虹

星光熠熠落下

静默地浸没水中

残月，西斜的残月

嘟哝着呓语

悄悄的轻寒翻开肚皮

翻找春风划过的思念

脚指头僵化没有知觉

眷恋的味道麻木

远去的回眸

一笑百媚荡漾的泪波

溅了一湖心愁

皱着眉头

锅碗瓢勺的交响

突然全体静默

液化气罐不吐气

空空地扁了一个凹

歪斜的减压阀

自己关了口

蓝蓝的火焰

还想往外蹿出

锅里冒烟的色拉油

吱吱等待青绿

洒满一锅

味精走了

酱油没了

醋泼了满屋

只有盐满满一缸

等着下粗糙米饭

缺了一角的圆桌

纸板掩饰着

满天弥漫的随性

拽着云裳穿行在

流光的隧道里

寻寻觅觅千年

哪个承诺完了

哪个花信要回眸

嫁错了，春风

十里春风，留下

夏的焦躁，送来

一季，冰凉的秋

醉

醉中醉

谁把心揉碎

杯中情

谁解愁中泪

把酒浇愁愁亦愁

谁知愁中味

云 外

谁在九霄云外

筑了一个匡庐

牵来一片碧水

洒下碎银一湖

点缀着远山的呼唤

炊烟袅袅烟雨蒙蒙

万山眉黛烟岚

水中捞起星月

装满清香一壶

思念漏进窗棂

流光缠绕在珠帘

矜持，爬上树梢

风轻轻泛起浪涛

慢慢转动的风车

叙述着，一个传说

梦里的桃花雨

倾诉，千年的相思

挥泼，云梦水墨丹青

琴吟轻和，花谷幽深

醉了一樽香醇

悄悄迷恋

钩月荡落的秋千

飞出的暗香

雨　思

不知道天空的雨

什么时候停了

梦里的雨滴声

却继续了一夜

寒秋铺天盖地

吵了一夏的蝉终于

要睡觉了，不再

叽叽喳喳闹个不停

桂花暗暗送着馨香

满院子满屋透着

沁人心脾的甜腻

卷起淡淡的思念

远方的诗情

有没有苏醒

醉了的木芙蓉

有没有孤芳自赏

遍地菊黄有没有

遇见摘花的纤纤玉指

风细细地陶醉在

昨夜的痴雨

湿湿的水珠自恋地

挂在叶底

稀疏飘洒的金栗

悄悄地说着呓语

泥馥馥的味道

酿就一个秋思

意　念

幻镜里

隐逸模糊

细珠影映

扭曲的面孔

泪流

魂吹散

思绪飘游

昨天的记忆

没有存入

疲惫的神经

走错了门洞

陌生的魅眼

藏匿了一个个陷阱

幻境飞花

蒙蔽了，百媚回眸

误入，旋涡飞旋

衣襟湿透，溃逃

暴风横扫，吸走

挂满枝梢的思念

滚滚尘埃飘落

残月西坠，一夜

意乱难收

南 豆

一串相思穿起，手链
留恋了千年，采摘的纤指
留下脂玉穿透，思念
徘徊在雨帘，细细的
露珠飞洒醉了，梅子
湿了桃萼，蹿飞了
梨花，跟着杏红
寻遍，荷艳菊黄

梦　蝶

春会老

不见柳絮垂泪

四处飘摇

花还开

只是飞花不再

旧故已暮

春光泄

西风吹皱芙蓉脸

又见玉笛声彻

几垄梅印

树梢残桥边

苦与松竹叙来年

还一轮新月

从秦楼照到茅庐

梦蝶翩翩

一 场 梦

一场梦

需要多少时间收回

一个梦呓

会讲述多少故事

一段相思

会延绵多少年岁

无助的思念

缠绵

心痴醉

情迷茫

只有花开花落

季风吹了冬又牵来春

一场雨雾一场寒冷的秋

悄悄地把眷恋

酿了香醇

醉醉的味道

却不知把旧愁浇了

又滋生了

望断天涯的新愁

孤傲的梅笛

吹开颦眉

落下埃尘

藏起暗香

疏影横斜的栏杆

一声轻叹

几分哀怨

一片绒雪

路 上

身体和灵魂都在路上

一个走得快一个走得慢

也有凑巧时

他们并肩

摇摇晃晃走在路上

飘忽的灵魂

不时逃出躯壳

登高望远

溜到海滩上

看看风景望望蓝天

让疲惫的心疗养

当疲惫的躯壳累了

醉了慵懒了

就躲在角落

不安分的灵魂

不停地敲打

这慵懒的躯壳

快快跟上去远行

可破机器也许

已无法正常运转

修理保养一路步履蹒跚

若即若离的缠绕

急坏了神经元

急急忙忙检查修复

修复检查哪个节点堵塞了

要换个什么器官

奇怪的离离合合

风吹散了一头白发

斜阳照耀的思念

洒下满地金黄

泪 涌

眼前常迎

你瘦弱的影子

从不相信你

已悄悄离去

桌上黑白的照片

明明就在昨天

昨天才帮你

留下的孤影

你的孤独

虽有儿孙陪伴

可你还是常常

凝望你床头另一边

那一张黑白照片

却从未抹去

你眼角的泪珠

你痛苦的呻吟

偶尔跌落

只要还能走

大自然是你

教会我们的享受

一杯小酒

酒醇香味浓郁，可你

又有多少在意

恋的是那喝上一杯的韵味

让那皱起的眉头舒展

脸上抹上红晕

步履微微蹒跚

一醉可否解了愁忧

咀嚼不动的菜肴

渐渐塞阻牙缝

那是你无力的抗议

还是你最后的抗争

挪不去的脚步

拖着你沉沉的思绪

去了天国

浪

角落存下

记忆的迷茫

风轻轻抚摸

幽静的念想

哪怕翻江倒海

醉了心伤

飞扬的春没了

还有秋雨

稀里哗啦的字码

冰封的寒梅

悄悄绽放

猩红缀点

素裹的枝梢

等待暖暖的相思

掀起一春花浪

干 花

干枯的枝叶

黄黄的干果

挤尽了涵养

悄悄挂在墙上

成了一点装饰

配上玻璃瓶

泥捏的陶壶

几个红豆

落在案上

投射灯朦胧胧散懒

残照在干瘪的余晖

忘了一池影

孤独留在

坠了一夜的

断肠

水滋养着

几滴泪花

醉　意

料峭风寒

吹走许多情愫

沉寂，几分眷恋

断断续续梦呓

伤害了思念

黑夜，哭漏了

不住的泪滴

残月悄悄捡起

落在树梢的誓言

心碎，风却不知

如何解开这呢喃细语

任凭珠露湿透

一片烟云

梦回梦里

追　梦

曾经梦里漫游

天南海北触摸

飞荡在幻境

想寻觅影踪

微笑抹去

一串串呓语

风景拉进窗

挂上帘钩

而岁月却老了

爬上了，皱纹

寂静的夜

没有哭

只有爱悄悄

碎玉般，洒落

飘飞在夜空

留下流星

犹如乱窜的

萤火虫，缀满

远方的银花

一颗又一颗心

痴痴地思念

迷人的杏眼，隐藏

没有回眸

阑珊处

十二星座

一闪一闪一闪

渐渐消失在

晓风残月

一丝丝寒风

艺 术

艺术的本质，就是

没有本质，艺术

只是，梦中的呓语

琴弦憋不住的，音符

一定要跳出

绚烂的辞藻

蜂拥着堵在胸口

悲伤和痛苦

憋屈着悄悄叙述

一个一个的故事

从天亮倾诉到黄昏

又从黄昏记述到几更

永远无法完全记忆

太多太多的忧思碎片

太多太多的伤心涟漪

毁灭，会不会突然出现

焦急，寻找诺亚方舟

哦，不要拥挤不要抢夺

让新生儿优先

让人类保留

一丝希望

一缕阳光

一颗繁衍的种子

风 泣

春有意

嫁了十里春风去

远方孤寂

冷落多少痴意

颦眉皱起

莲池香溢

西风吹彻残绿

老了拒霜

辞了菊黄

错过了梅印

又轮回一季

风醉了花醉了

醉了一季的思念

悄悄落幕

斜阳里

没有手机的日子

森林里来了一位

奇怪的客人

逍遥自在

没有了任何

干扰讯息

朋友圈同学群

同事电话老板指令

还有客户订单

统统见了上帝

一切静声

好好地躺在吊床上

大脑一片空白

放空一切

让思想游荡

蚂蚁国跑来一群

好奇的工兵

一个庞然大物

僵僵地躺了

好几个时辰

臭臭的汗

污染一阵阵清风

偶尔伸一伸麻痹的腿

睁开眼睛

探寻一下蚂蚁国的构造

惊恐的蚁兵，溃散

一阵狂奔

树上小鸟

快乐地唱起小曲

时不时三五成群

吊床顶上嬉闹不停

好久没看过

不带小屏幕的异类

快让他生双羽翼

加入鸟国

做一个自由的鸟人

吊床挂上的树干

心里乐开了花

终于来了新隐士

要扎根山林

青山做伴

绿水畅饮

静静的山谷

有了新的印象

不再寂寞的树冠

张开枝叶

为新来的邻居

遮住热辣辣的太阳

准备请来微风

唱起小曲

快乐着

这世界只有你

享受着这美好

阳光溪流

微风树荫

还有小鸟的歌唱

沁入心扉

陶醉了桃花源

不过而已

蚂蚁国的觅食争斗

厌倦的你

恨不能一脚把它踏平

看着落荒而逃的蚂蚁兵

心里泛起怜悯

该死的森林规则

烦恼的你死我活

奇怪怎么会到处都是

这静静的森林

本来就是一个

奇妙的生物链

演绎一出出

不变的潜规则

这该死的潜规则

似乎布满边边角角

挣不脱

逃不了

一根细细的线

不知何时就牵住

你的手脚

那该死的手机

无形中就像一张巨网

让你高兴着快乐着

抑郁着烦躁着

疯狂着安静着

今天真是清静

一天都没

受到骚扰

美美地睡了一觉

这些讨厌的姐弟

怎么不叫喝茶吃饭

没德行的麻友们

不叫搓麻

脑洞大开的驴友

车技痒痒的车队

安静得没有理由

琴音何时风雅

股东们又发现了

什么投资动向

客户们不再做单

也没有跨境付款

数不清的群

寂静得异常

手机铃声一声不响

突然狂躁的心

直奔崩溃的边缘

这世界要抛弃

一个逍遥的隐士

还是隐士受不了

没有讯息的煎熬

快

快看看手机

老天，这是演的哪一出

快看看手机

老天，这是在搞笑

快看看手机

老天，这是

这是要升腾的感觉

手机居然

关机

世界的边缘

也许是

一个悬岩

云雾笼罩着

没有一丁点

立足的石尖

一伸脚就坠入

世界的另一边

是天堂还是

十八层炼狱

无法预计的未来

揪紧流血的心

不敢迈出

回望已没有回路

飘飞在迷雾里

大声吼叫

却听不到

一丝丝回响

寂静地落下

银针的响动

犹如砰然

塌下的雪崩

隆隆的轰鸣声

翻腾着一幕幕

岁月的记忆

闪电般飞过

善恶的交集

真假的分流

丑陋的心底

美丽的放飞

不知道哪一个

是这一刻的主谋

投掷骰子还是

抽签拜佛

啊，上帝

你伸出那只手

推还是救

主哇

你抛下那根绳

拉上去

还是束缚

佛祖哇

搬走五指山

还是塞回石缝

远方飘来的星云

夹杂着星雨

风驰电掣飞过

强大的引力波

撕裂每一个细胞

黑咕隆咚的暗物质

弥漫着无形的微波

黑洞的四周

闪烁着蓝蓝的玄光

迅速膨胀的躯体

再也无法承受

分裂的巨大恐惧

大吼一声呼救

醒来，唉

一场梦

致仓央嘉措

红红的血脉

沾上黄黄的幡

权欲波及的钟

叩击深沉的殿

冰冷的雪山

注入火热的爱恋

青春融化在血与火的海

爱情荡漾

故事流传

少年惘

爱意与教义相搏

禁欲与世俗的冲突

菩提树下的忏悔

佛祖点化

无法超越

一滴眼泪

无法闭关，一生

顿悟，情感胶着

踏雪无痕的脚印

留下爱的狂热

飞扬在冰冷的雪山巅尖

奔向爱的怀抱

炽热的诗篇在雪域

绽放爱的花朵

爱或不爱

爱就在那里

情爱的阳光

照耀着雪域

无数笑脸

传颂着

活佛的传说

仙鹤静默

鸿雁哭泣

活佛爱恋的挽歌

宁静的青海湖

流传着一曲

永恒的恋歌

流淌在

无垠的夜空

水晶的模样

一滴水

装扮成水晶

滴在屏幕上

晶莹的折射，忍不住

就想摘下来，装饰在额头

闪闪发光的七彩

时刻变幻着

就像一颗闪亮的小水晶

偶然被镶嵌在

手机屏幕上

舍不得惊扰它

一滴水难以成就的

模样

跳脱太阳系

残喘的太阳

拖着行星

步履蹒跚地旋转着

银河系里漫游

讨厌的地球

长了些个讨厌的人

假装知道很多

厌恶地嘟囔

太阳还能眷顾几何

星空中胡乱猜想

浩瀚的宇宙

留下人类的足迹

或者也过一下外星人的瘾

占领另一个外星球

让太阳孤寂地老去

流浪地球，加入

另一个壮年的星系

不要化为另一个黑洞

自恋的人类寿命太短

几十亿年一晃而过

光速的星舰

也无法把生命带出

太阳雨

高能线

哈雷彗星

时刻侵蚀着

小小的生命符号

宇宙轻轻的一个引力波

搅动了几个黑洞的融合

穿越虫洞的星空

无法改变

苦命的轮回

命运总是颠簸着

虚幻境中的绛珠草

陪伴着那块

无人问津的石头

樱　桃

一个长长的柄，拽牢

梦想着甜蜜醉倒小小的，唇

把你含羞地包裹，咽下

美美地睡在皮囊里，发酵

酿出醋意，泛起酸

暗暗的思念，在树梢

摇晃了，几个季节的

故事，情话装满了

一筐筐，露珠吻痕

淡淡飘散，染红了

香醇和厚道，忘了

情怀已飞扬，尘嚣的暗昧

长长短短躲躲藏藏，埋在

斜阳的泪滴，掩映

一缕酸楚的回味，不断

小镇周庄

翻开泛黄的报纸，旧闻
遗落了一代人的品味，流光
在土瓦，砖墙的夹缝里
喘息，明城思恋
金陵味道，城墙上
找到一丝痕迹，岁月冲洗
素娥，倚栏如期
乌篷船传来小曲，溅起
一串串，香辣虾皮
猪蹄汤飘香四溢，飞入
经合餐桌布，颤巍巍
嵌进，画框里变幻故事
徐娘泪滴，悄悄
回忆，流年似水
双鬓不知是相思，还是
谈资，舞动腰肢
倒映在水幕，晃动着
一双双回眸，一笑
灿烂，碧空如洗

时　差

出门忘了

装满五千年

缀满繁星的古纸

修饰，灿烂的文化

矜藏，变换不逝的故事

只带了薄薄的手纸

无法书写翰墨

宣纸的纹理烫伤了

风花雪月的思念

飘上了天空

随着流星雨

洒满竹梢

萤火虫闪亮的日子

剪了灯花落下的泪珠

沾湿了衣袖

绣满牡丹的金锦

恍惚的闪电牵来

几声闷雷惊醒了

一坛相思病酒

浸透的芳华烟云

悬　疑

寻遍多维度宇宙

却没有找到

自己的故事

地球的映象

不知倒映在

哪个薄膜空间

刻度紊乱

错过了一个个约期

烧了百万年的炊烟

飘了几个世纪

雾霾留给了大气

纠缠不清的思绪

找不到出发的起点

幽灵般飘荡在

超维度空间

随时准备注入

超智能空驱

翻飞的蝙蝠

按照设定的程序

捕捉着昆虫，变得

越来越有灵气

湛蓝的碧空如洗

水珠不知道躲到了

哪个天体

泛宇宙的星星太过小气

千亿光年才赶到地球

安慰一群焦躁的

新新人类

可他们早就开始构架

悬疑的某点

另一个自己

哪怕是

一场梦呓

三 轮

用力蹬出，一个忧伤

几碗面汤，在脚下

流淌，汗滴和泪

暗暗蒸发，链条

磨损的筋骨，锈斑

没有机会，落下

路面，坑洼抖动肥腚

吱呀呜曩，胶鞋

惆怅，几多坡岭

挤压盐霜，渗透

脚丫，钻心

疼痛，延续了春夏

秋冬，寒风拂去

一层层老皮，遗落

在尘埃，漫飞

随着，无声呻吟

酸楚的眼神，游荡

电脑棋战

棋招算尽

应对一瞬间的动荡

余下组合概率

越来越小

轻松出招

没有丝毫缝隙可钻

只有0和1的进退

无法理解棋手

深思焦虑，懊悔

兴奋，成就感的味道

那只是人类思维

一个小小的趣味角落

电脑无法企及的倨傲

缘

等待，缓慢移动的公交

一辆辆碾过，无法看到

飘过，轻灵灵眉梢

反光的玻璃窗，遮住

回眸的眼神，错过

一段，千年良缘

瓦尔登湖的春天

冰封的湖面，噼里啪啦地

细语，春天悄悄来到身旁

暖暖的太阳，升起

湖慢慢变得，燥热

伸展，膨胀的躯体

憋屈挤压，冰面

隆隆发响，冰凌

撕裂着镜面，脸

碎成，一个个蜂窝

沉闷的呻吟，炸响

延伸，刺破静谧的夜

唤醒，沉睡的山溪

消融的冰，慢慢

流入，水溪淌流

树梢，跳跃的红松鼠

伸展，窝得太久的四肢

迎接春雨，滋润

撕开云层分享灿烂，阳光

带来温馨，喜鹊

报春，带着兴奋的期望

叽叽喳喳，歌唱

湿漉漉的田野，醒了

传来，轻轻啁啾声

蓝色鸣鸟红翅乌鸫，歌雀

在尽情合唱，喧闹

一曲，冬天最后

雪花消融的，交响

裸露的湖不时泛起，涟漪

惊奇，沉睡了一个冬天

鱼儿们，不时蹿出湖面

窥视，树梢上嫩嫩的芽

不要，让垂钓的隐士寻到

该死的铜色鱼，却还是

不时贪图小小，鱼饵

成了盘中餐，香飘

摇曳的野花草，暗里

藏躲，俊秀的鹰

时而自由自在，在云霄

飞翔，时而又俯冲着

寻着猎物方向，扑去

扑腾的翅膀扇动起，狂风

夹着细细尘埃，落下

呵护稚嫩的，幼鹰

原野幽谷，漫山

明媚阳光沐浴，树林

橡树、山核桃树、槭树，松树

数不清的树梢，伸出嫩蕾

满枝的叶，渐渐飘飞出翠绿

静寂，一片湖光山色

渲染的童话，格外光艳

云无法阻挡太阳，光芒

穿透迷雾洒满，山坡

晃动的花影不停，绽放

点缀着变幻水幕，湖心

痴醉，一派春的风情

童年木梯

童年家中

破旧的木梯

便是遐想的天梯

那一个个台阶

是彷徨的迷津

艰难地上下

连成一串串迷离的足迹

多少个梦回

搞不清是幻境还是梦魇

伴随着那充满神韵的身影

一级级若隐若现的台阶

引导着

引导着，走向理想国

在远处闪耀

闪耀着一盏盏明灯

童年的梦

融入了一个个

亦梦亦幻的憧憬

奔跑着

追寻着

那似乎永远无法触及的

天梯

醉　雨

孤傲飘飞在，虚空

天边，风轻轻

拂过，远方的云

呼唤着雨滴，悄悄

洒下，无数精灵

沾上些许灵气的尘埃，跳跃着

寻觅，露珠里藏着的矜持

细腻透亮的膜，漫过

羞涩的唇，化为

一朵朵花骨朵，曼妙地

泛起一片云霞，一个身影

在风裳的飘逸中

醉了，一颗晶莹的心

错 过

错过，当伸出手的时候
没有看到鲜花盛开，摘下
一朵最美的捧在，手心

错过，当看到背影时
没看到另一个脚印，悄悄
依偎在那背影的，身旁

错过，当夜空寂静
一个呢喃在轻轻呼唤，却没有
碰到近在咫尺的，回音壁

错过，是偶遇的烟雨
三月烟花朦胧，阑珊处
一个跌落在水中的，梦呓

错过，一个刚刚进入剧情
另一个却悄悄，离去
还有，一个不变的结局

成　就

成就不了岁月，那就

成就自己，让

自己在黑夜里悄悄

卷起铺盖，孤独地

寻梦，那些许的可能

哪怕是，灵魂的清扫工

在风雨中没有雨衣，湿透了

浑身无力拿起扫帚，扫荡

恶狠狠的垃圾桶，装满同情

污染的空气没有，抽泣

只有滴滴答答的雨滴在，回答

那满地的水花怒放，瞬息间

又悄无声息地流去

没有颜色的埋怨，没有回眸一笑百媚

后面的千花开碎，又是那样无怨无悔

雨夜的天空看不到星星

可那满空的雨帘是那样欢悦

虽然它们只来世间，一会儿

那流星一样的前赴后继

那钻石一样透亮的，思念

却不知憔悴的心跌落在哪里

长　调

吞　噬

一副骨架

载着灵魂游走

无神的回眸

一缕伤痛

细胞吞噬细胞

只有神经元

还在驱使

萎缩的肌肉

强行伸缩

晃悠悠的影

在灰暗的夜色里

飘过

挥动的手脚

画出动画的线条

轻轻地点缀在虚空中

太极成了必修课

轻柔的脚印

找不到移动的痕迹

微弱的喘息声

点缀着线条的温度

飘逸的风裳

不知是第几次裁剪

缝制的针弯了钩

抗议的胃肠

叽里咕噜埋怨

主子太抠

消化酶慵懒

没有积极的态度

稀里哗啦的水流声

不时从那本该圆润的

大腹便便中传出

只是怨言太多

过去的主谋

被一个个请出

没有营养的肌肉

渐渐休眠

梦想着什么时候醒来

又可以满街流窜

臭美着换了一套又一套

梦里那燃烧的红烛

是闹翻天的良宵

良宵又有多少个回眸

新娘装扮了一屋的温暖

花轿里藏了一世的期盼

几鞠躬承诺了一生的幸福

微颤的手几次无法完成

交杯的欢乐

红盖头掀起一个笃信

云里雾里的沉梦

听到了新生命的祝福

婴儿的摇篮

不停地晃动

小生命在乳臭未干的

褓褓哭闹

尿骚味成了

亲近的信号

烤干的尿布

塞满了背包

昔日的化妆包

丢在一旁

乳汁在欢快的畅饮中

收缩了乳房

血液流传着

一首，生命之歌

锅碗瓢勺的交响

有太多的疲惫

遗落在角落

春夏秋冬的衣衫

留下了泪痕

载去了许多快乐

艰辛的岁月

敲击着夜的窗花

清眠的夜雨

编织又破碎了

暮阳承诺的梦呓

昏蒙的残月

无奈又悲秋

伤痛愁极

吞噬着一个个，美梦

稀里哗啦的泪

在手术台上

隐隐约约流淌

一串串眷念漂浮

太多的牵挂

太多的亲情

还有太多的问候

亲友们早晨

醒来时的第一声祝福

手机微信的留言

有几个点赞

悄悄留存了很久

输液管里

细细的呼唤

岁月变幻太匆匆

一缕青烟

一个梦

节日盛装

利是红包抢个不停

宝石挂坠晃动

炫耀着幸福

儿孙们的快乐

牵动敏感神经

什么时候开始自己

却成了看客

曾经的期盼

溢出了些许嫉妒

岁月消逝得太快

转瞬就成了

过眼云烟

节日盛装压在箱底

疼痛的四肢

丢三落四的记忆

退化的躯体传来了

那远处敲响的钟声

只是那钟声

隐隐地多了一个幽灵

盘旋在夜空

陪伴着那个飘忽不定的

孤影

卫生间的喷淋

不停地冲刷着

皮肤上的污垢

暗暗渗出的血液

夹杂着废弃的细胞

流进了暗沟

医院治疗室的门

吱吱呀呀响个不停

放射计量的流速

在病床上扩散

闪烁的灯紧张地喘息

暗房里的心跳

渐渐关闭了一串音符

会诊单上多了

一个符号加上假设

B超CT磁共振

一连串运动

一管绛紫色血液的

二维码结果

蹿出来一个个记忆

图书馆没了座位

一本书悄悄移开

一个美丽的背影开始在

柳树成荫的步道晃悠

可是风雨下得太多

杨花飞絮还是

没有找到归处

荒废了的青春不知

何时才能登上兰舟

疯狂的加班熬过了

一个个寒暑

冰凉冰凉的水泥地

裸露着天空

那深邃的疑问

山外山还有

芳草一簇

放射打靶看起来甚是恐怖

人们还无法调动

触发波传递

把多余的细胞移除

让皮囊渐渐丰满

连衣裙还是正装

西装领结太过正式

假面舞会一场又一场

一见钟情的思念

被千沟万壑阻拦

青梅竹马的笃信

迷失在纸醉金迷的夜晚

脚踏车上的笑语

怎么也堵不住

宝马香车里的眼泪

车轮碾过了

嬉笑暗伤

图纸上的城市

在疯狂扩张

谁还记得儿时的泥土路

小学课堂滴滴答答的漏雨

也成了记忆中温馨的念想

小袄碎花还有那

长长的头发飘飞的蝴蝶

怎么看也是在飞的模样

小溪里的小鱼

成了罐头玻璃瓶里的玩伴

公园没有摩天轮

只有退役的歼击机

静静地叙述着

在蓝天飞翔的自豪

婴儿室的喧闹

打破了平静的夜空

咳嗽的疫苗，会不会

挂错了地方

那稚嫩的花朵

可不能，随便摧残

掉了头发的模样

确实很糟糕

假发的虚拟

痒得头皮直挠

风轻的时候

那飘飞的长发

盘起了多少个希望

小夜曲飘落发丝上

奏响,《致爱丽丝》

夜莺欢快地

跳起了探戈

萤火虫悄悄地

照亮魅影迷失的地方

树上的枣子熟了

纤细的皮包骨

无力采摘

落在沟里腐烂

酸楚的味道

被风载向远方

可那被消灭的细胞

或将要被消灭的细胞

没有那么逍遥

终会变成排泄物

悄悄流落到角落

一大堆五颜六色的Ｔ恤

印上乱七八糟的字符

天知道想说些什么

只有流落的细胞

抹一把腐臭的泪

不知要去向何方

病猪脚想爬上餐桌

曝光的湿疹

没有涂上药膏

转基因玉米饲料

是不是比例太高

抗生素失去了效果

匆忙中又忘了

涂上胭脂

疏忽了工序一道

各式各样的灌肠

拒绝喂饱

终于又揪出了

被污染的病体

只是不知道身上

哪一个细胞又开始膨胀

隐痛悄悄爬上眉梢

AI芯片检查了

一遍又一遍

无法彻底查清

基因是不是变异

大细胞吞噬小细胞

细胞的战争

和中东一样热闹

飞机大炮加上化武演出

白头盔出了名

还挣了钞票一大堆

苦了瞎忙的装扮者

忘了重新化装

恐怖装扮久了

不停被噩梦打扰

遍体鳞伤的焦土

硝烟呛了一片

光光的枝丫

细胞血污沾满一层

又有一层往上泼

压弯了枝梢

惹怒了秃鹫的土鸡

屁股被剪了毛

变了色的血丝

无奈地一滴一滴地

滚落在秃鹫早就

挖好的暗槽

猎食不吐骨头的秃鹫

才不管这血有没有毒

是不是里面混有坏细胞

就算消化不良

也要狠劲吞下

全世界都是

可以吞噬的细胞

嗜血成性不知

是谁的爱好

撑破了的吞噬细胞

成倍成倍膨胀

蔓延流淌

恶毒传染了

一个又一个

健康的细胞核

残弱的躯壳

双眼看不清

看不清是在天堂

还是在虚空中流浪

毒品赌场狂欢

飘飘然赢了

一会儿又输了个精光

七夕情人快乐欢聚

银河游动点点幽影

等待鹊桥相会

可是桥太窄

一个个飞去

迷失了方向

埋怨声从槐树下

悄悄流淌

烦躁的天空

流星划过

一丝苦笑

基因编辑的剪刀

被怀疑是否合法

伦理的天成

质疑这剪刀会不会

剪断人与历史的传承

没有了自我修复的硬伤

没有情感的深度进化算法

人工智能会不会形成自我意识

成了人类的主宰

满脑子胡思乱想

眼前晃动着一个支架

搭起了一座座人工的桥

黏稠的血液流窜

超算好像想验证

血管机器人

能否把坏细胞捕捉

尽管有天竺的神药

可还是无法挽救

不可救药的细胞糜烂

丰腴的肌肤

又如从前回到骨架

一个个豆蔻年华

血色粉艳的笑靥醉了

一个远处眺望风景的倩影

窈窕淑女可有君子好逑

绣球紧紧拽在手里

有些心焦

流红一溪悄悄

流向远方

睡了一晚

宇宙又回到了

老地方

天眼接收着外星的信号

也把太阳的星光反射

向宇宙的深处瞭望

不知道是否照到

游离的幽魂

还是听到了幽灵的呻吟

不停地敲打镜面

以为那是返回人间的

虫洞，悄悄打开保险

穿越在平行宇宙的边缘

三体的悠游吓了一跳

满地的皮囊人

没有胳膊或者鼻梁

污秽的细胞干瘪又膨胀

却无法自动更新

缺少的器官

这该死的残缺细胞

干瘪得没有水分

更没有脓包

宇宙的切换

梦中梦的世界

终究留不住

黑洞的骚扰

书架的屏障

晃动了几个世纪

没有找到让细胞

重新丰满的妙方

机器兽却想借助

那变异的细胞

重新组合基因遗传

一个高智商又

四肢无限发达的外星人

是不错的选择

一个个硕大的体形

瞬间就幻化成云烟

飘向第九帝国

想象的空间

太过混乱

黏糊糊的涌动

引起骚乱

一阵阵疼痛

撕心裂肺

还好有柔嫩的皮肤

包裹住不致胀裂

渗出的液珠

呻吟着堕入棉球

滚入垃圾箱

尘烟里夹杂着哭号

飘入平行空间

另一个，无法预知的遐想

天边的火烧云

燃烧得正旺

几只鸟飞剪着

云彩的形状

可鸟太小

只点缀成几个黑点

云梦投下的斜影

胖瘦高矮

摇晃着湮没在云端

夜悄悄垂幕

月亮又照亮远方

一阵幽游影动

迷惑的树梢

4D 影院的立体场景

不时引起尖叫

湿湿的水分

打湿了头发

惊恐的小鸟掉到地上

红红的血渗出羽毛

滴入泥沙里

沾上手指

黏糊糊的感觉

伴随着儿时的快乐

指尖上还遗留着

鸟内脏剖开时

那暖暖的温度

手术台上勾起的记忆

怎么也无法分开

那血是从自己的身上流出

还是小鸟留下的痕迹

手术刀剪的碰撞声

伴随着小鸟

落地时的沉闷声

迷迷糊糊地

不知道哪个是真

哪个才是，梦幻

餐桌上一盆

煮熟了的麻雀

缀满红红绿绿的

辣椒大蒜生姜佐料

香气扑鼻的味道

胜却人间无数美味

舌尖上的中国应该

找不到这一道

绝美的佳肴

自酿的高粱酒

浓烈热辣

一个个满头大汗

高脚杯与小酒杯的碰撞声

与鲜嫩的麻雀一起

奏起的交响流进了

儿时的血液里

幻化成快乐的蝶梦

飞进了，聚会的餐桌

却再也找不到那时的感觉

受伤的细胞

怎么也无法自愈

割了还会再长

这怎么奈何得了

一个个警报

冷冻人的愿望

也许只是愿望

基因的进化

难以起死回生

让冷冻人穿越到未来

分享未来世界的辉煌

就不知道这速度

是骑着共享单车

还是坐着光速飞船

光年计算的宇宙，太渺茫

几十年人生太短

来不及做梦

时光已溜得不知去向

李清照的兰舟，太小

满载的愁溅落在溪流里

一直流到了今朝

今朝有酒今朝醉

可醒来还是，白了少年头

暗暗地留下心酸

一波又一波的新鲜事

来不及梳理

就成了过眼云烟，明日黄花

只是，那院落里的春来秋去

又看尽了多少沧桑

月也烦闷了

干脆遮住了圆脸

悄悄地慢慢地

把钩挂在树梢

月有阴晴圆缺

人有别离千愁

此事古难全

可又无奈地一幕一幕

虽然不是千古绝唱

可也回肠九转

错位的节拍

对不上琴弦

可琴师还是执着地

要把曲调调好

跑音的和弦

在夜空中徘徊

绕梁的轻吟

等不来知音的缠绵

跌落的音符

溅起了几朵浪花

淹没在

温柔的泪珠里

悄悄隐藏

无厘头的埋怨

郴州的水为什么

偏要流向湘江，却不肯

留住流浪的心怀

止不住的泪

凝固成泪血

沾满了衣襟

斑斑点点都是浮云

载着又过了，千年

御沟里，徘徊了千年的

流红，还在愁怨

题在红叶上的情丝

没有遇到相知

剩女们花枝招展

却无计可施

魔都何时忘了，外滩

十里洋场的雪月风花

只是，多了几个浦东

多了几个卖场

陆家嘴，高楼高架高速

魔影飘逸俊杰蜂拥

偶遇的情思，开了小差

跨国跨境跨肤色

黄浦江牵手苏州河

吴淞口的流速震惊寰宇

魔都，造就了一批精英

也制造了一群，木偶

只要按按手指

就可以制造出"流泉"

太多的面孔相同

疲惫的眼神

蹿起一溜灰暗

灰蒙蒙的阳光

躲进云雾缭绕的星空

抑制了的欢悦

唤起的兴奋

恋爱的气息不多

南山的空气

受到了轻轻的污染

烦躁的心绪缠绕在云端

深呼吸难解尘世的牵挂

清溪的水流无法清洗

华山魅影太过轻率

离别的烛泪

有太多的酸涩

空空皮囊抛弃了

残留的细胞

潇洒美艳的北国姑娘

对死神不屑一顾

自己主持的追悼会

看哭了亲朋好友

灿烂的笑容

是最后的送别礼物

勇敢面对才是

人生最美的一曲，悲歌

被放大的细胞，也许

比宇宙虚空更精彩

是宇宙藏在一个

超巨星生物体中

还是这巨大的宇宙

仅仅是这极度微小的细胞

组成的超宇宙极度的扩张

细胞里的原子

原子里的夸克

夸克的影子，弦

无法测度的空间

哪个更大哪个更小

无限大无限小

无限小无限大

在无极限的

纬度中失落

原来物质暗物质

只有一个

摸不着边的无奈

让细胞核横流

污浊的思绪混乱

在混沌中吞噬

只是不知道是

大细胞吞噬了小细胞

还是小细胞吞噬了大细胞

是好细胞吞噬了坏细胞

还是坏细胞吞噬了好细胞

每天都在上演的闹剧

有多少兴奋点

在一瞬间幻化成了，云烟

细胞吞噬的行为

成了森林法则

大鱼吃小鱼的残酷

每天都在翻新

垄断资本吞噬

蠢蠢欲动的闲钱

一不小心就成了美食

羊毛被吞噬，裸奔

成了不堪入目的风景

可怜的羊羔

还没有来得及长大

就被稀里糊涂宰

一份，全羊席的美味

诱惑着食物链

悄悄地分工合作

待羊羔们再也

无法支撑的时候

再撒出网兜

挑出还有救的羊羔

贱卖的一方也无法

埋怨价钱太低

求生的欲望只好

裸奔逃出死亡的，圈套

被灌洗的大脑

触发了不听使唤的

神经元，迷失了方向

发出的脑电波

成了一团混乱的

二进制码

不停地跳跃着，要

取得这世界

最顶尖的成就

成为财务自由的骄子

岂不知却只是

那剪羊毛的工具

虎视眈眈的吞噬者

爬在最顶端

计划着什么时候收尾

绝不留丝毫的，怜惜

地下钱庄的游戏

换了个好听的名字

影子银行嚣张地

吸食着民间资金

借贷发财的贪婪

主宰着大脑细胞

发出响应的指令

银行卡不时收入的

高额利息刺激了

大脑皮层，继续

加大砝码的资金

成了摇钱树

二分三分五分

哪有这钱生钱来得痛快

却不知暗地里

制动的刹车一坏

宝马香车连车带人

一起滚落悬崖

车毁人亡的闹剧

引起了阵痛

可阵痛却不时

被有意遗忘

又来了一批，又一批

前赴后继的勇士

可不管腐烂的细胞

会不会传染贪婪的疾病

又被打扮得光鲜照人的

游资吞噬，笑纳

游动的资本

裹挟自由市场经济的幌子

夹杂着垄断经济的阴魂

到处游动寻找着

最佳的掠杀时机

国际货币的大旗

掩盖了炒作的痕迹

南美的繁华带来的希望

游资的肆虐也留下，伤疤

亚洲四小龙的腾跃

一片光明在望

可亚洲金融危机的

阴魂始终未散

委内瑞拉的纸币

曾是多么硬撑的通货

卢布也不得不夭折

到底是这些货币成了坏细胞

还是细胞吞噬了这些货币

壮大了自己的腰包

资本和枪炮的联营

划出了一道道痕迹

伤疤结痂了又

灼伤了无辜黎民

贫穷像瘟疫一样

在地球表面流窜

滚雪球的游资

构建了一个，又一个

巨大的深坑

贸易战震惊世界

撕下脸皮不顾一切

杀气腾腾要把世界搅乱

东一枪西一刀

退群，退欧

加税，互怼

一大堆难题

波斯核武的担心

也许是那吞噬的欲望

太过强烈，已经不顾掩饰

赤裸裸的搜刮，疯剪羊毛

满世界哀号遍地

土耳其里拉夹杂着哭声

鲜血渗入硝烟弥漫的风沙野岭

疯狂的吞噬

一次次露出邪恶的，獠牙

皮囊里的细胞

每天都在战斗

基因，断裂失控

无奈的归宿

一缕孤影

缥缈幽游

跋

中国古典诗词的表达，有非常明确的区分，诗言志，词表情。中国古典诗词最终形成了具有韵文特点的近体诗、词文体，唐诗宋词分别达到了各自的高峰。历代关于诗词的注释、评论、理论书籍等，逐渐汇聚形成了具有中国古典诗词自身特色的诗词理论。

中国的现代汉语诗歌只有短短的一百余年的历史。如何创作现代汉语诗歌，现代汉语诗歌应该是一个怎么样的表述方式，现代汉语诗歌应该使用什么样的语言文体等，一直在探索中。

中国现代汉语诗歌创作理论的主要支撑点，是国外的古典、现代和后现代诗歌理论，与中国的古典诗词的理论有非常大的差别。

现代汉语诗歌的困境，与现代汉语的建构是同步的，现代汉语也是在这短短的一百余年里，以汉语白话为主体，结合外文翻译及借鉴外文语法，逐渐建构成一个完整体系。这里，国外诗歌的大量译作为现代汉语建构的一部分也做出了非常重要的贡献，与现代诗歌创作一起逐渐形成了与现代汉语相适应的现代汉语诗歌表述。

中国的现代汉语诗歌，除了受翻译外国诗歌影响以外，最大的影响应该还受到现代汉语的表述方式的影响，即具有完整的语法形式的、比较接近口语表述形式的现代汉语语体的影响。因此，现代汉语诗歌的表述与其他文体一样，不可避免地接近口语表述方式，也接近于现代汉语的其他文体。这跟古典诗词与古汉语其他文体，如诗经辞赋文章著作等共同组成一个完整的古汉语体系是完全相同的。不过，有些特殊的是汉语言的古今具有相通的文字体系和传承，具有很强的共通性。因而，近年人们又想从中国古典诗词找到与现代汉语诗歌的契合点。人们在挖掘古典诗词的精华，企图与古典诗词交集出新的文体表达模式。这些探索也许会出现新的现代汉语诗歌文体或新的现代汉语诗歌结构模式。现代汉语诗歌的外延边际正在试探性延伸。

现代汉语诗歌与中国古典近体诗、词的最大区别，在于现代汉语诗歌依据的现代汉语的词法、句法、语法的表达方式与古汉语的词法、句法、语法的表达方式的不同。中国近体诗、词所依据的古汉语的词法、句法、语法形成了一个模式，而现代汉语的词法、句法、语法也有现代汉语相适应的表达方式，可以说都不是自由的表述方式。而对于中国古体诗来说，与近体诗比较又有很大不同，没有平仄、押韵等约束，是具有较大自由度的一种表述方式。

中国古典近体诗、词创作中常用的赋、比、兴、押韵、平仄等等不可照搬，寓意境况已有很大不同，然也不是不可以用借鉴。窃以为单个汉语词、字的寓意的独特性、多意性也许是汉语诗歌表达的又一长处？古汉语中词性的灵活转换、倒置等技巧也可以运用。

现代汉语诗歌需要进一步探索，以建构起自己的文体或诗歌结构模式。不过，现代汉语诗歌的最大优势可能就是它没有固定的文体模式；如果能突破现代汉语的某方面局限，现代汉语诗歌的创作就会有更多的自由度；没有文体模式也许就是现代汉语诗歌的最好模式？

诗歌的理论太多，古典、现代、后现代，中国的、外国的，不知如何去践行。本集因怕调门不准，故曰变奏。假使能被您认为还像是诗歌的模样，那就是作者最大的欣慰。里面可能有些许与某某诗歌雷同之处，还请海涵，绝无故意之心。野野的路子，野野的句子，看了也就罢了。一个醉梦闲人的呓语而已。

想去想来，想来想去，本不该说的话还是啰唆了一大堆，目的本就没有目的，只是想想还是啰唆几句。谨以此书献给支持本人创作的朋友和读者，谢谢。

童启松
2019年9月